CLUB-TASCHENBUCHREIHE

Band 162

www.obelisk-verlag.at

Birgit Rivero

DAS WRACK
UNTERM LEUCHTTURM

Mit Farbbildern
von der Autorin

OBELISK VERLAG

Redaktion der Club-Taschenbuchreihe:
Inge Auböck

Umschlaggestaltung: Carola Holland

In neuer Rechtschreibung

Originalausgabe

©2002 Obelisk Verlag, Innsbruck-Wien

Printed in Austria by WUB Offset Tirol, 6020 Innsbruck
ISBN 3-85197-429-8

Hoch oben im Norden liegt ein Land, wo die Wellen des Meeres von weit her über die Küste hereinbrechen. Diese Küste ist überall flach und sandig. Unter dem Aufprall der Brandung, die tagaus, tagein um den Sand schäumt, weicht sie allmählich zurück.

Wäre da nicht der Strandhafer, der seine Wurzeln fest in die Dünen stemmt, so würde bald kein Strand mehr da sein. Stück für Stück würde das Wasser das Land auffressen und verschlingen.

Einen einzigen Hügel gibt es an dieser Küste. Darauf steht, weithin sichtbar, ein rotweiß gestreifter Leuchtturm, um den sich ein paar niedrige Häuser scharen.

Über das Meer, die Küste und den Leuchtturm ziehen große graue Wolken von einem Ende des Himmels zum anderen.

Das ist es, was du hier sehen kannst.

Was du aber nicht siehst, ist das, was sich unter der endlosen Wasserfläche und unter der Gischt der Brandung abspielt.

Dort unten ist eine andere Welt, die mit der oben nicht das Geringste gemein hat.

Dort ist es still und friedlich, wenn oben die Stürme pfeifen.

Im grünen Dämmerlicht treiben Algen und Seetang.

Aus schwarzen Höhlen winken behaarte Fangarme, und weiße Blüten öffnen und schließen sich im Atem des Meeres.

Dies ist das Reich unzähliger Fische, Muscheln, Schnecken und Krebse.

Und hier wohnte auch Hari, der Hering, von dem diese Geschichte erzählt.

Erster Teil

1.

Hari war ein schlaksiger junger Hering, der stark im Wachsen begriffen war. Sein Körper war über und über mit silbrigen, blau und grün schimmernden Schuppen bedeckt.

Die Lippen waren trotzig gekräuselt, der Schwanz verwegen zerzaust, und die Rückenflosse sträubte sich so unternehmungslustig, dass jeder Fisch mit Augen im Kopf schon von weitem erkennen konnte, dass hier ein besonders flotter Bursch daherkam.

Das war Hari auch. Von klein auf suchte er überall das Abenteuer und wälzte unaufhörlich große Pläne. Meistens wurde dann nicht viel daraus. Aber das störte Hari nicht weiter.

Haris Familie hatte keinen festen Wohnsitz. Hari selbst, seine Eltern und seine Schwester Hermine wohnten einfach dort, wo sie sich gerade aufhielten.

„Ein Hering und ein festes Haus – das passt wie die Faust aufs Aug!", sagten Haris Eltern, und: „Wo der Hering ist, dort ist sein Heimatland!"

Doch für gewöhnlich entfernten sie sich

nicht mehr als einige Kilometer von der Küste, an der der Leuchtturm stand.

Der Einzige, bei dem man von einem festen Wohnsitz sprechen konnte, war Onkel Haro.

Er war Haris Großonkel und so alt und so dick, dass er sich nur selten hinter dem großen, algenverkrusteten Stein hervorwagte, wo er normalerweise lebte. Familie Hering besuchte ihn dort regelmäßig und versorgte ihn mit allem, was er zum Leben brauchte.

„Ah, ihr schon wieder!", brummte Onkel

Haro, wenn Hari und Hermine Flossen schlagend bei ihm auftauchten. „Hari, wie lange willst du noch weiterwachsen? Soll das ein Haifisch werden, oder ein Hering?"

Sobald Onkel Haro seine Portion Krebslarven verzehrt hatte, besserte sich seine Laune. Mit einem Rülpser ließ er sich in sein Sandbett zurückfallen und schloss die Augen.

„Onkel Haro!", begann Hari dann rasch, denn es bestand Gefahr, dass der Onkel nun einschlief. „Wie war das damals mit dem großen Netz – du weißt schon, an der spanischen Küste?"

„Das war nicht Spanien!", knurrte der

Onkel und machte ein Auge auf. „Das war an der schottischen Küste."

Er gähnte und machte das Auge wieder zu.

„Und bist du wirklich ins Netz gegangen?", versuchte es Hermine. „Wie schrecklich!"

„Ich bin nicht ins Netz gegangen!", schnaubte Onkel Haro und riss nun beide Augen auf. „Das habe ich euch doch schon hundert Mal erzählt!"

„Nein, noch nie!", versicherten Hari und Hermine, die die Geschichte auswendig kannten, im Chor. „Erzähl!"

Und dann erzählte der Alte, wie er in seiner Jugend einem großen Heringsschwarm

angehört hatte und mit ihm durch die ganze Welt gezogen war.

„Es war kurz nach der Laichzeit!", erklärte er. „Wir wollten uns eben wieder auf den Weg von Schottland nach Norwegen machen. Dort sollten die Krebslarven und Flügelschnecken in diesem Jahr besonders gut geraten sein …"

Onkel Haro schloss kurz die Augen und schmatzte.

„Wir waren einer der imposantesten Schwärme, die das Meer je gesehen hat. Tausende und Abertausende von gut gewachsenen, sportlichen und äußerst hungrigen Heringen! Pfeilschnell durchpflügten wir das Meer. Da, eines Nachts – wir wanderten hauptsächlich nachts – hörte ich plötzlich mitten in unserer rasenden Fahrt ein neues Geräusch!"

„Eine Schiffssirene!", schrie Hari, der sich

nicht zurückhalten konnte.

„Jawohl, eine Schiffssirene!", nickte Onkel Haro. „Ich drehte sofort bei.

‚Vorsicht, Freunde!', rief ich. ‚Wo Schiffssirenen tuten, da sind Schiffe nicht weit. Und wo Schiffe sind, sind Menschen – und vielleicht gar von der übelsten Sorte, die sich

Fischer nennt! Ich rate euch, begeht keine Dummheit!'

Aber niemand hörte auf mich, denn unglücklicherweise hatte jemand das Gerücht ausgestreut, weiter vorne seien die ersten Flügelschnecken gesichtet worden.

Und so schossen Hunderte, Tausende Heringe blind vor Gier an mir vorbei, geradewegs in ihr Verderben ..."

Onkel Haro seufzte tief auf.

„Sie schwammen mitten in ein Treibnetz hinein!", flüsterte er. „Es war ein riesiges Netz, das das Schiff hinter sich herschleppte. Es war so groß, dass sie es nicht sehen konnten ... Aber Minuten später zog es sich um sie zusammen.

Das war vielleicht ein Gemetzel! Nur ein knappes Dutzend, das wie ich zurückgeblieben war, konnte entkommen."

„Und was geschah dann?", drängte Hari.

„Ich konnte es natürlich nicht sehen!",
murmelte Onkel Haro. „Das geschah alles
oben auf dem großen Schiff. Aber man sagt,
sie werfen alle Fische in große Fässer,
in die sie Salz gestreut haben."

„Wozu denn?", hauchte Hermine.

„Tja", seufzte der Alte. „Die Menschen essen gerne Fisch, und ganz besonders uns Heringe. Aber so viele auf einmal können sie nicht essen. Also pökeln sie uns in Salz ein. Später, an Land, stecken sie uns in kleine Särge aus Metall, die sie Konserven nennen. So, sagen sie, schmecken wir besonders gut."

Alle drei schwiegen bedrückt.

„Und die Flügelschnecken?", fragte Hermine plötzlich.

„Oh, die waren wirklich köstlich! Auf jeden von uns Überlebenden kamen ein paar Hundert ..." Onkel Haro rülpste. „Und jetzt lasst mich endlich in Ruhe, ich will schlafen."

2.

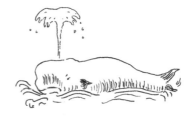

„Mama, warum ziehen wir nicht mit einem Heringsschwarm?"

Die Familie Hering machte ihren Abendspaziergang. Haris Eltern waren gerade dabei, ein paar Muschelbänke zu inspizieren. Nun starrten sie entsetzt ihren Sohn an.

„Mit einem Heringsschwarm? Gott behüte!"

„Aber warum denn nicht? Onkel Haro hat gesagt …"

„Onkel Haro? Das hätte ich mir denken können!"

„Darf ich vielleicht im Sommer …?"

„Mein lieber Hari!", begann Haris Vater. „Deine Mutter und ich sind heilfroh, dass wir hier ein ruhiges Plätzchen gefunden haben. Es gibt Krebslarven und Schnecken in ausreichenden Mengen, dabei nur wenige Fischer und andere Räuber. Und du willst mit einer Schar von Hungerleidern durch die Welt ziehen?"

„Aber Onkel Haro …"

„Onkel Haro? Der sitzt den ganzen Tag hinter seinem Stein und wartet, dass wir ihm das Mittagessen bringen! Jetzt will er mir noch die Kinder rebellisch machen? Dem werd' ich was erzählen!"

Empört schoss der Vater davon.

Hari gründelte eine Weile zwischen den Blattalgen.

„Und wenn ich groß bin?", fragte er schließlich.

Da verlor auch die Mutter die Beherrschung.

„Wenn du groß bist, kannst du tun, was du willst!", schrie sie ihn an. „Aber bis dahin bleibst du hier! Oder willst du unbedingt schon jetzt als Räucherhering enden?"

„Räucherhering? Klingt interessant!",
dachte Hari. Aber er getraute sich nicht zu
fragen, was das genau sei.

Einige Tage später ließ er es sich von
Onkel Haro erklären.

„Eine bei unseren Erzfeinden sehr beliebte
Speise!", verkündete der. „Und einer der
ehrenvollsten Ränge, die ein Hering

erreichen kann. Das Dumme dabei ist nur, dass es meines Wissens noch keiner überlebt hat."

„Ach so!", sagte Hari. „Dann lieber nicht. Erzählst du uns jetzt von der Zeit, als du mit dem Schwarm …"

„Hör auf!" Onkel Haro sprang förmlich in die Höhe. „Euer Vater hat mir neulich die Hölle heiß gemacht!"

Aber die Kinder ließen nicht locker.

„Wir sagen's nicht weiter!"

„Ehrenwort!"

„Wie war das, als du von einem Hai gefressen worden bist?"

„Von einem Hai?", Onkel Haro lachte auf. „Du meinst wohl den Wal, dem ich damals im nördlichen Eismeer begegnet bin …"

Endlich! Das war Haris Lieblingsgeschichte.

Er machte es sich im Sand bequem und faltete die Flossen zusammen, während

Onkel Haro mit seiner Erzählung begann.

„Es war irgendwo zwischen Island und Spitzbergen, wo sich unser Schwarm im Sommer aufzuhalten pflegte, denn um diese Jahreszeit wimmelte es dort von kleinen Krebsen und Leuchtgarnelen. Durch Zufall hatte ich mich auf der Jagd mit einem Freund etwas zu weit abgesondert und wir hatten unseren Schwarm verloren. Aber das störte

uns nicht weiter. Guter Dinge schwammen wir nebeneinander her, als Hubert plötzlich ausrief: ‚Schiff ahoi!'

Ich sah drei riesige, längliche Schatten auf uns zukommen.

‚Hubert,' sagte ich, ‚das sind keine Schiffe! Wenn mich nicht alles täuscht, sind das drei Blauwale.'

‚Blauwale?', rief Hubert und schwamm gerade weiter. ‚Die fressen keine Heringe. Sie vertragen nur Kleinzeug. Weiß doch jede kleine Larve!'

‚Schon, aber ...', protestierte ich, da waren die Ungeheuer schon heran.

Vor unseren entsetzten Blicken tat sich ein riesiger Rachen auf. Ich wollte ausweichen, aber der Sog des Wassers riss mich hinein – und schon stürzte ich zwischen gurgelnden und spritzenden Wassermassen den Rachen des Wals hinunter."

Onkel Haro machte eine Kunstpause.

Hari und Hermine wagten kaum zu atmen.

„Als ich wieder zu mir kam, war ich überrascht, dass ich noch am Leben war. Um mich herum war es völlig finster. In der Dunkelheit hörte ich quietschende und knarrende Geräusche.

‚Hubert?' rief ich.

Keine Antwort.

Dafür merkte ich allmählich, dass um mich herum eine Unmenge Garnelen, Schnecken und Krebse paddelten. Wenigstens würde ich nicht verhungern!

Aber wie konnte ich die Freiheit wiedererlangen?

Ich weiß nicht, wie viele Tage so im Bauch des Wals vergingen.

Ab und zu wurde ein neuer Wasserschwall mit Kleintieren hereingeschwemmt. Ich versuchte gleichzeitig hinauszuschwimmen, aber die Gegenströmung war zu stark.

Es war zum Verzweifeln.

Inzwischen hörte ich immer wieder die seltsamen Quietsch- und Grunzlaute.

Als ich endlich begriff, dass es der Wal war, der sich auf diese Weise mit seinen Gefährten unterhielt, schöpfte ich neue Hoffnung. Nicht umsonst hatte ich in meiner

Familie immer als besonders sprachbegabt gegolten!

Ich begann die Ohren zu spitzen und geistig alles zu notieren, was ich hörte.

Und wirklich: nach einiger Zeit verstand ich die ersten Worte! Sie lauteten:

‚Oh, wie mir der Bauch wehtut.'

Ich war selig! Nun wusste ich, dass meine Gefangenschaft bald zu Ende sein würde.

Ich machte mich noch einmal an die Arbeit, und bald war ich im Stande, meinerseits ganz ähnliche Laute von mir zu geben. Ganz leise, versteht sich. Und dann kam der große Tag!

Mein Wal klagte, wie schon oft, über Bauchschmerzen. Sein Gefährte empfahl ihm, mehr Sport zu betreiben.

Da rief ich, so laut ich konnte:

‚Du brauchst keinen Sport! Du hast dich überfressen!'

Es folgte eine verblüffte Stille.

‚Ist da jemand?', fragte der Wal endlich.

‚Ja! Ich bin es! Ich meine dich!'

Der Wal schwieg betroffen.

‚Ich habe gar nicht gewusst, dass ich zwei bin!', bemerkte er dann. ‚Weißt du – wissen wir vielleicht, was ich gegen meine Bauchschmerzen tun soll?'

‚Ja!', schrie ich. ‚Du musst deinen Magen

ausleeren! Bis in den letzten Winkel! Und dann nie wieder einen Fisch verschlingen!'

„So?', sagte der Wal. Er schien nicht sehr überzeugt.

Schon fürchtete ich, dass mein Plan fehlgeschlagen war, da begann um mich herum alles zu schwanken. Es war wie ein Erdbeben!

Gerade als mir übel zu werden anfing, machte es plötzlich PLOPP! Und zusammen mit einem Riesenschwall Wasser, in dem halbverdaute Krebse und Garnelen herumwirbelten, wurde ich zwischen den Barten des Wals hindurch ins Freie hinauskatapultiert!'

Hari und Hermine atmeten auf.

Dann fragte Hermine: „Warum trug der Wal einen Bart?"

„Keinen Bart, Barten!", verbesserte Onkel Haro und gähnte. „Das ist eine Art von

Stangen, die der Wal im Maul trägt.
Er lässt das überflüssige Wasser durch sie hinausfließen."

„Und dein Freund?", wollte Hari wissen.
„Ist der auch gerettet worden?"

„Nie wieder was von ihm gehört ... Muss wohl den verkehrten Wal erwischt haben ..."

Und damit war der alte Hering eingeschlafen.

Diese Geschichte ließ Hari keine Ruhe. Wieder und wieder bat er seinen Großonkel, sie ihm zu erzählen.

Auch was der Wal in seiner Sprache alles gesagt hatte und was Onkel Haro geantwortet hatte, ließ er sich ein um das andere Mal wiederholen.

Seine Schwester Hermine verlor die Geduld.

„Schon wieder der blöde Wal!", schimpfte sie und sträubte die Schuppen. „Ich will endlich eine andere Geschichte hören!"

Aber da war nichts zu machen. Weder Onkel Haro noch Hari achteten auf sie.

Schließlich schwamm sie beleidigt davon.

Die Fische und die anderen Lebewesen dieses Küstenstreifens konnten zu dieser Zeit ein seltsames Phänomen beobachten.

Es war ein einsamer junger Hering, der an den Nachmittagen kreuz und quer im Algenwald herumschwamm und in dieser Gegend nie gehörte knarrende Laute ausstieß, wobei er das Maul auf merkwürdige Weise verrenkte.

Es war Hari, der Sprachübungen betrieb.

„Man kann nie wissen", dachte er. „Eines Tages, wenn ich groß bin, werde ich in die weite Welt hinausschwimmen. Und wer weiß, wem ich da begegnen werde …"

3.

Eines Tages hatte Hari ein aufregendes Erlebnis. Von einem Besuch bei Onkel Haro zurückkehrend und den Kopf voll von den wunderbaren Dingen, die ihm dieser erzählt hatte, war er, ohne es zu merken, immer mehr von seinem Weg abgekommen. Ein steiler, von schwarzen Seeigeln besetzter Felsen, der plötzlich vor ihm auftauchte, riss ihn aus seinen Gedanken.

Betroffen merkte er, dass er nahe der Wasseroberfläche dahinplätscherte und dass ihm die Gegend völlig unbekannt war.

Ratlos drehte Hari sich im Kreis. Dann begann er, den Felsen nach der einen Seite zu umschwimmen. Doch als er um die Ecke bog, erstarrte er vor Entsetzen.

Nur wenige Meter von ihm entfernt stand ein riesiger Schwertfisch regungslos im Wasser!

Kaum hatte er Hari erblickt, als er schon sämtliche Flossen in Bewegung setzte und auf ihn zu schoss.

Vor Angst quietschte Hari laut auf.

Das war seine Rettung!

Der Schwertfisch, der noch nie einen Hering in der Walsprache quietschen gehört hatte, prallte zurück.

Das nutzte Hari, um so schnell er nur konnte umzudrehen und in die Tiefe zu tauchen.

Aber bald musste er erkennen, dass der Schwertfisch sich von seiner Überraschung erholt hatte und ihm auf den Fersen war.

Hari war ein geübter Schwimmer, aber was konnte ein kleiner Hering gegen einen Gegner ausrichten, der mindestens sechsmal so groß und stark war wie er? Und weit und breit kein Unterschlupf in Sicht!

Von der Verzweiflung getrieben, raste Hari blindlings dahin, während sein Feind immer mehr aufholte.

Hari warf einen Blick über die Schulter und sah das schreckliche, messerscharfe Schwert schon auf sich gerichtet. Dahinter glänzte das große runde Auge des Mörders, der sein Opfer schon zu fassen glaubte …

Noch einmal quietschte Hari auf, aber diesmal ließ sich sein Verfolger nicht mehr irre machen. Hari spürte, wie seine Kräfte nachließen.

Da sah er plötzlich vor sich im Dämmerlicht eine dunkle Masse auftauchen.

„Ein Felsen! Das ist meine Chance!", dachte Hari.

Mit letzter Kraft schoss er auf das Hindernis zu und schlug unvermittelt einen Haken nach rechts. Das mörderische Schwert des Schwertfisches sauste dicht an seiner

Schwanzflosse vorbei, und mit einem krachendem Geräusch bohrte es sich tief in die schwarze Wand hinein!

Als Hari sich umdrehte, sah er, wie der wütende Schwertfisch einen zersplitterten Schwertstumpf herausriss.

Einige Sekunden schwankte der riesige Fisch benommen hin und her. Schließlich schüttelte er den Kopf und schwamm mit dem schäbigen Rest seiner Waffe langsam davon, ohne Hari weiter zu beachten.

Als Hari sich von seinem Schock etwas erholt hatte, näherte er sich der Wand.
Sie bestand aus Holz, ganz von Algen und Muscheln überzogen! Einige Meter weiter öffnete sich eine große Bresche in der Wand.

Hari zögerte nur kurz, dann schlüpfte er hinein.

Verwundert schaute er sich um. Er befand sich auf einem großen, schräg geneigten Trümmerfeld. Zwischen Teilen der Holzwand hoben sich im trüben Licht verschiedene unheimliche Gegenstände ab.

Eine Art hölzernes Rad ragte aus dem Sand des Untergrunds. Zerbrochene Kisten und Blöcke waren übereinander getürmt. Mehrere zylinderförmige Walzen mit runden Öffnungen standen kreuz und quer, halb im Sand vergraben, herum.

Als Hari sich hinunterbeugte, um einen Blick in eines der runden Löcher zu werfen, prallte er zurück: Zwei kleine makrelenartige Fische stürzten heraus, stießen mit ihm zusammen und suchten hastig das Weite.

„Da hört sich doch alles auf!", sagte Hari laut, als die beiden verschwunden waren. „Seit wann bauen Makrelen Häuser?"

Ein heiseres Kichern ließ ihn herumfahren.

„Du bist wohl noch nicht ganz trocken hinter den Ohren!", sagte eine blecherne Stimme. „Hast du noch nie ein Schiff gesehen?"

„Do-doch!", stotterte Hari, der vergeblich versuchte, den Besitzer der Stimme ausfindig zu machen. „Aber Schiffe schwimmen doch immer ganz oben auf dem Meer!"

„Nicht, wenn sie sinken!", belehrte ihn die Stimme. „Dann fallen sie zu uns herunter. Und wenn sie niemand herausholt, schauen sie nach einiger Zeit so aus."

Jetzt endlich entdeckte Hari einen großen Krebs, der ganz oben auf einer der verkrusteten Kisten saß und die Scheren hin und herschwenkte.

„Ein versunkenes Schiff?", fragte Hari.

Ihm wurde ganz heiß vor Freude. Nicht einmal Onkel Haro kannte ein versunkenes Schiff! Zumindest hatte er nie von einem erzählt.

Und nun hatte er ganz allein eines entdeckt!

Wie ihn Hermine beneiden würde!

Dann fiel ihm der Krebs wieder ein.

„Und Sie – wohnen Sie hier?", fragte er höflich.

Der Krebs nickte.

„Ich habe zwar immer meine kleine Eigentumswohnung dabei!", sagte er.

Er wies hinter sich, und verwundert sah Hari, dass der Krebs mit seiner hinteren Hälfte in einem Schneckenhaus steckte.

„Aber meine Familie wohnt schon seit vielen, vielen Generationen in diesem Wrack. Ich kenne es wie meine Westentasche.

Übrigens heiße ich Krab. Du hast nicht zufällig auch einen Namen?"

„Wie? Oh ja, natürlich!", stotterte Hari, der den Einsiedlerkrebs in Ehrfurcht versunken anstarrte.

Rasch stellte er sich vor. Daraufhin erbot sich Krab, eine Schiffsführung für ihn zu machen.

„Es ist schön, wenn sich jemand für Kultur interessiert!", krächzte er. „Eine Seltenheit heutzutage. Hast du die Makrelen gesehen? Sie kommen jeden Tag her und spielen Verstecken. Sie haben nicht die geringste Ahnung, wo sie sich hier befinden! Wollen es auch nicht wissen. Auch die Stichlinge, Seesterne, Sandwürmer und wie sie alle heißen, sind reine Banausen."

Dann machte er sich daran, Hari das Schiff zu erklären: das Rad, das ein Steuerrad gewesen war, die Kisten, die Ballast enthielten, den die Matrosen ins Meer werfen wollten, wozu sie aber nicht mehr gekommen waren.

Ein runder, bis zur Unkenntlichkeit verrosteter Haufen entpuppte sich als die Ankerkette, ein großer, in der Mitte auseinander gebrochener Baumstamm als Rest des Hauptmastes. Die Zylinder mit den runden Öffnungen aber waren Kanonen gewesen.

„Aus denen wurde noch gefeuert, als sie sanken!", versicherte Krab. „Mein Urururgroßvater war dabei, als sie zischend und spuckend vor Hitze hier unten ankamen.

Er saß keine zehn Meter entfernt auf einem Stein und konnte die Katastrophe aus nächster Nähe miterleben!"

Die Holzwand schließlich, die Hari das Leben gerettet hatte, war ein Teil des Hecks, also des Hinterteils des Schiffes.

„Der Bug steckt dort drüben im Sand!", erklärte Krab und wies in eine unbestimmte Ferne. „Man kann noch die Gallionsfigur erkennen. Eine schöne Frau mit schwarzem Lockenhaar, nur ganz wenig von den Bohrwürmern zerfressen."

Hari war beeindruckt.

„Und dort?", fragte er schließlich und zeigte zum Ende der schrägen Fläche hinunter, wo ein Türstock noch aufrecht stand. „Wo geht´s dort hin?"

„Dort geht es zur Kapitänskajüte hinunter! Sie ist noch ziemlich intakt. Es heißt, man kann noch einen Tisch sehen und …"

„Wieso – heißt?", fragte Hari. „Hast du nicht gesagt, du kennst das Schiff wie deine Westentasche?"

„Hm, ja!", brummte der Einsiedlerkrebs. „Gewissermaßen. Aber wie ich bereits erwähnt habe, trage ich aus verschiedenen Gründen immer meine kleine Wohnung auf dem Rücken herum. Da kann man keine großen Sprünge machen."

„Woher weißt du dann ..."

Krab schaute beleidigt. „Ich habe dir doch gesagt, dass meine Familie seit Generationen hier wohnt. Der eine hat es dem anderen weitergesagt! Es ist so gut, als ob ich selbst hinuntergestiegen wäre! Ich weiß sogar, dass der Schatz ..."

Hier brach der Krebs ganz plötzlich ab und hielt sich eine Zange vor den Mund. Er warf einen missmutigen Blick auf Hari und zog sich in sein Schneckenhaus zurück, bis nur mehr die vorderen Enden der Scheren herausschauten.

Hari sah ein, dass er den Krebs irgendwie verärgert hatte. Außerdem wurde er sich plötzlich bewusst, dass es schon dunkel geworden war.

„Ich muss heim!", sagte er. „Wenn ich nur wüsste, wo der Weg ist!"

Da wurde Krab wieder freundlicher.

Nachdem er gehört hatte, dass Haris Zuhause irgendwo in der Nähe des Leuchtturmes lag, krabbelte er eigens auf die Heckwand hinauf, um ihm die richtige Richtung zu zeigen.

„Siehst du dieses Blinken in der Ferne? Das ist der Leuchtturm! Jetzt in der Nacht kannst du ihn nicht verfehlen."

Hari bedankte sich, dann machte er sich rasch auf den Heimweg.

4.

Nach reiflicher Überlegung kam Hari zu dem Schluss, dass es besser wäre, den Eltern nichts von dem versunkenen Schiff zu erzählen. Er würde lange Erklärungen abgeben müssen, sie würden wissen wollen, was er so weit weg von zu Hause zu suchen hatte, und wenn sie erst vom Schwertfisch hörten, würden sie ihn überhaupt nicht mehr weglassen.

Andererseits brannte er darauf, jemanden in sein Geheimnis einzuweihen.

„Du, Hermine!", begann er bei der ersten Gelegenheit. „Mir ist gestern was Tolles passiert!"

„So?", sagte Hermine spitz. „Bist du von einem Walfisch verschluckt worden?"

Damit drehte sie sich um und ließ ihn einfach stehen.

„Dumme Seegurke!", rief ihr Hari hinterdrein. „So was von nachtragend!"

„Dann erzähle ich es eben Onkel Haro!", sagte sich Hari. „Der wird vielleicht Augen machen!"

Onkel Haro war eben dabei, ein kleines Nickerchen zu halten.

„Was gibt´s?", gähnte er als Hari ihn aufrüttelte. „Ist schon Essenszeit?"

„Onkel Haro!", rief Hari. „Ich muss dir was ganz Tolles erzählen!"

„Erzählen? Nein, nein, dein Vater mag das nicht!", murmelte Onkel Haro.

Ungeduldig schlug Hari mit den Flossen.

„Ich will dir was erzählen!", schrie er dem Onkel ins Ohr. „Ich habe ein versunkenes Schiff entdeckt!"

Onkel Haro schüttelte den Kopf.

„Ein versunkenes Fischerboot? Das ist nichts Besonderes. Der Meeresgrund ist voll von ihnen."

„Es ist aber kein Fischerboot! Es ist ein richtiges Schiff, mit Steuerrad und Kanonen! Ich glaube es gibt sogar einen Schatz! Meinst du, dass ich ihn heben kann?"

Der alte Hering betrachtete Hari lange. Schließlich verzog er verächtlich die Mundwinkel.

„Also ein Schatz!", sagte er. „Und was willst du damit anfangen? Willst du dir die Goldmünzen auf die Schuppen kleben? Und die Perlenketten über die Ohren hängen? Was stellst du dir eigentlich vor?"

„Ich hab´nur gedacht …", stotterte Hari.

„Gar nichts hast du gedacht!", knurrte der Großonkel. „Sonst hättest du mich nicht aus meinem Mittagsschlaf geweckt, um mir diesen Unsinn zu erzählen! Hast du wenigstens ein paar Garnelen mitgebracht?"

Hari fühlte sich ziemlich niedergeschlagen, als er Onkel Haro verließ.

Außerdem verspürte er einen leisen Groll: Er fand es nicht schön, dass der Onkel so wenig Interesse für seine Geschichte aufbrachte. Und das Schlimmste war – was den Schatz betraf, hatte er wahrscheinlich Recht!

Doch wenn Hari sich an das Wrack mit seinen zerborstenen Planken, an die Kanonen, die Feuer gespuckt hatten, und an den Tisch in der Kapitänskajüte erinnerte – dann wehte

ihn wieder ein Schauer von Abenteuer und Geheimnis an, dem er nicht widerstehen konnte.

„Ich muss noch einmal mit Krab sprechen!", beschloss er. „Er soll mir diesmal alles sagen …"

Die Rückenflosse gerade aufgestellt, während die Schwanzflosse wie eine Fahne hinter ihm herflatterte, machte sich Hari auf den Weg zu dem versunkenen Schiff.

Zweiter Teil

5.

Es war ein milder Sommernachmittag, als Andi seinem Vater das Boot ins Wasser schieben half.

Vom Meer her wehte eine sanfte Brise, die Wellen kräuselten sich schwach, und die Möwen schrien über ihren Köpfen. Als sie

einen Kilometer weit draußen waren, stellten sie den Motor ab.

Während der Vater seine Messgeräte auspackte und vorsichtig ins Wasser ließ, blickte Andi zum Land zurück. Klar hoben sich die rotweißen Streifen des Leuchtturms vom grauen Himmel ab.

„Wo wollen sie die Fabriken hinstellen?", fragte Andi.

Der Vater blickte auf und zog die Brauen zusammen.

„Dort! Gleich unter dem Leuchtturm. Aber zuerst wird der Hafen ausgebaut und vergrößert."

Nachdenklich betrachtete Andi die kleinen Fischerhäuser, die wie Spielzeugschachteln um den Hafen herumstanden.

„Und die Fischerhäuser?"

„Kommen alle weg."

„Und was passiert mit den Fischen?"

„Die wird es bald nicht mehr geben.
Wir müssen uns beeilen, wenn wir noch ein
paar beobachten wollen."

„So ein Mist!", sagte Andi.

Die Stunden vergingen.

Während der Vater die Geräte kontrollierte
und sich Notizen machte, hatte sich Andi
über den Bootsrand gebeugt und schaute in
das dunkelgrüne Wasser hinunter.

„Du!", sagte er plötzlich. „Hast du das
gehört?"

Sie horchten.

Neben den schrillen Schreien der Möwen
und dem eintönigen Plätschern der Wellen,
die an die Bordwand klatschten, war da noch
ein anderes Geräusch.

Einmal war es dumpf und knarrend, dann
wieder hoch wie Vogelgezwitscher.

Das Seltsamste war: Es schien aus dem

Wasser zu kommen.

„Es ist ein Tier!", rief Andi.

Er griff nach dem kleinen Netz, das neben ihm lag, und hängte es ins Meer. Gespannt starrte er in die Tiefe.

„Ich hab´s!"

Mit einem Triumphschrei zog er das triefende Netz heraus, in dem ein mittelgroßer silbriger Fisch zappelte. Rasch leerte er ihn in einen großen Kübel voll Meerwasser.

„Den kannst du wieder hineinwerfen!", stellte sein Vater fest. „Das ist ein ganz gewöhnlicher Hering."

Andi schüttelte den Kopf.

„Er war´s aber! Ich bin mir ganz sicher."

Der Vater beugte sich über den Kübel.

„Es ist ein Hering!", wiederholte er. „Die können höchstens Fieptöne ausstoßen. Ein interessantes Phänomen, das aber nur der Verständigung im Schwarm dient. Dein gefangener Hering wird stumm bleiben."

In diesem Moment hörten sie ein hohes, lang gezogenes Quietschen wie von einer schlecht geölten Tür.

Andi und sein Vater stürzten so schnell zum Kübel, dass sie mit den Köpfen zusammenstießen.

„Au!", sagte Andi.

„Sei still!", zischte sein Vater.

Nun war das Quietschen in ein leises Grunzen übergegangen.

Entgeistert starrte der Vater zuerst den Fisch im Kübel und dann seinen Sohn an.

„Gratuliere, Andi!", sagte er schließlich. „Du hast soeben einen Blauwal gefangen."

6.

Einige Stunden später fand Hari sich in einem geräumigen Aquarium wieder.

Nach der großen Angst, die er in dem engen Kübel ausgestanden hatte, immer den nahen Tod als Räucherhering vor Augen, war es eine Erleichterung, sich nun wieder frei zu bewegen.

Und da waren ja sogar noch andere Fische!

Rasch schwamm Hari auf sie zu.

„Ach bitte,", sagte er, „wo bin ich denn hier?"

Die drei fremden Fische musterten ihn schweigend. Jeder von ihnen wies Formen und Farben auf, wie Hari sie noch nie gesehen hatte.

„Das hier ist ein Aquarium!", antwortete

schließlich einer. „Es dient zum Besichtigen und zum Studium seltener Fische. Was du allerdings hier zu suchen hast, ist mir schleierhaft."

„Also werden wir nicht gefressen? Das ist ja wunderbar!"

„Wir sicher nicht!", sagte der andere mit Betonung. „Bei einem gemeinen Hering wie dir wäre ich mir freilich nicht so sicher."

Er stieß ein blubberndes Lachen aus, in das die beiden anderen einstimmten. Dann ließen sie Hari stehen.

„Eingebildete Bande!", dachte Hari.
„Aber die Hauptsache ist, dass ich nicht in der Konservendose lande."

Hari musste sich nicht lange über die vornehmen Fische ärgern. Noch am selben Tag übersiedelte er in ein kleineres Aquarium, das ihm allein gehörte. Es besaß einen Sand- und Kiesboden und drei Algen verschiedener Größe.

Dort führte Hari nun ein ruhiges, aber einförmiges Leben. Täglich kamen Menschen vorbei, standen vor seinem Gefängnis und dem seiner Nachbarn und gingen wieder.

In zwei von ihnen erkannte Hari die beiden wieder, die ihn gefangen hatten.

„Was die nur von mir wollen?", wunderte

sich Hari, wenn er ihre Blicke auf sich gerichtet fand. „Wo ich doch, wie die da drüben sagen, nur ein ganz gemeiner Hering bin?"

Als die Zeit verging, blieben die Menschen immer seltener bei Hari stehen und wanderten immer öfter gleich zu seinen Nachbarn hinüber.

Von Haris beiden Bekannten kam nur mehr der kleinere.

Stumm und traurig schwamm Hari an seiner Scheibe hin und her, dachte an seine Eltern, seine Schwester, und dass er sie wohl nie wieder sehen würde. Und das versunkene Schiff ... Was wohl sein Freund Krab machte?

Hari war drauf und dran, völlig in Trübsinn zu verfallen, als ihm plötzlich Onkel Haro einfiel. Der hatte seine Gefangenschaft dazu benützt, die Sprache der Wale zu erlernen! Und eben das war seine Rettung gewesen.

Ob es Hari gelingen würde, die Sprache der Menschen zu erlernen?

Es war mühevolle, harte Arbeit. Aber nach einigen Wochen war Hari doch so weit, dass er viele Wörter und einfache Sätze unterscheiden konnte.

Gleich darauf kam allerdings die Enttäuschung: Als er nun seinerseits versuchte, was er hörte nachzuahmen, stellte sich das als ein Ding der Unmöglichkeit

heraus. Offenbar war der Mund eines
Herings zum Hervorbringen von Menschenlauten völlig ungeeignet!

Wieder verlor Hari den Mut.

Nie, so sagte er sich, würde er hier rauskommen. Und wenn diese rätselhaften Menschen seiner müde wurden – wofür es schon einige Anzeichen gab – würden sie ihn zuletzt doch noch verspeisen ...

Da kam eines Tages sein kleiner Bekannter mit einem schwarzen Kasten daher.

Er rückte einen Sessel dicht vor Haris Aquarium, stellte den Kasten darauf und begann, verschiedene Knöpfe zu drücken.

Und plötzlich hörte Hari ganz deutlich eine Stimme!

„Wo bist du?", sagte sie in der Walsprache. „Wo bist du?"

„Hier!", schrie Hari auf. „Hier! Und du? Kannst du mich hier rausholen?"

Gespannt wartete er auf die Antwort.
Sie kam nach zwei Sekunden und lautete:
„Wo bist du?"

„Hier!", schrie Hari noch einmal. „Kannst du mich nicht hören?"

„Wo bist du?", wiederholte die Stimme und ließ ihn nicht einmal ausreden. „Wo bist du?"

Da überkam Hari eine große Enttäuschung.

Da war ja gar kein Wal! Das war eine Geisterstimme, die aus dem schwarzen Kasten kam. Wer weiß, wem sie gehörte!

Sicher war jedenfalls, dass Hari diesem Wesen völlig egal war. Es hörte ihn überhaupt nicht ...

„Schönes Wetter heute!", fand die Stimme jetzt.

Aber Hari hörte gar nicht mehr hin. Missmutig ließ er sich in den Sand hinunter fallen, während der Kasten immer weiterquatschte.

Als er nach längerer Zeit wieder hochtauchte, war der Kasten verstummt. Das Kind, das ihn gebracht hatte, stand alleine vor dem Aquarium und starrte Hari an.

Einen Augenblick trafen sich ihre Blicke.

„Du!", flüsterte das Kind plötzlich. „Du! Kannst du nicht noch was sagen? Sag doch was! BITTE!"

Hari war verwirrt. Wozu wollte dieses Kind, dass er etwas in der Walsprache sagte? Es würde ihn ja doch nicht verstehen!

Aber wenn es unbedingt wollte …

„Mir reicht's!", sagte Hari laut. „Ich hab' genug von diesem Aquarium."

Das Kind machte einen Luftsprung.

„Noch einmal!", rief es. „Weiter!"

„Ich hab' genug!", wiederholte Hari. „Ich hab' genug von diesem blöden Aquarium, von diesen blöden, hochnäsigen Fischen nebenan, ich hab' …"

Verdutzt sah er, wie das Kind zur Tür hinausschoss und einen Augenblick später mit seinem größeren Gefährten zurückkam.

„Ich hab´ genug davon, hier dauernd im Kreis zu schwimmen!", rief Hari, der nun langsam in Fahrt kam. „Ich hab' genug von diesen lächerlichen Algen. Ich hab' genug von diesen künstlichen Krebslarven, ich –

ich hab' genug von euch Idioten von Menschen oder wie ihr heißt!"

Mit Genugtuung sah Hari, dass sich ein kleiner Menschenauflauf vor seinem Aquarium gebildet hatte.

Da standen sie mit offenem Mund, drückten sich an der Glasscheibe die Nase platt, und zeigten alle einen unendlich dummen Gesichtsausdruck.

Bei den seltenen Fischen von nebenan stand kein einziger mehr.

„So, jetzt wisst ihr, was ich von euch halte!", schloss Hari und verdrückte sich, so gut es ging, hinter der größten seiner drei Algen. „Gute Nacht."

7.

In der folgenden Zeit traten in Haris Aquariumleben verschiedene Veränderungen ein.

Zu seiner Verwunderung wurde er schon bald darauf in das Becken der seltenen Fische versetzt, die ihrerseits in Haris kleineren Behälter übersiedeln mussten.

Dann wurde in einer Ecke von Haris neuer Behausung ein schwarzer Kasten, ähnlich dem, den das Kind mitgebracht hatte, montiert. Mehrmals täglich wurde diesem Kasten ein kleiner flacher Gegenstand entnommen und durch einen neuen ersetzt.

Und vor allem: Tag für Tag drängten sich nun Menschenmassen vor Haris Aquarium, die ihn sehen, und vor allem, die ihn hören wollten.

Hari merkte bald, worauf es ihnen ankam.

Wenn er gut aufgelegt war, knarrte und quietschte er, dass es eine Freude war.

„Hallo!", rief er etwa. „Guten Morgen! Wie geht's uns denn heute? Mir geht´s gut, danke. Nur das Frühstück war wieder miserabel!"

War er schlecht gelaunt, beschimpfte er sein Publikum nach Strich und Faden.

„Was? Schon wieder ihr? Habt ihr nichts Besseres zu tun, ihr hirn- und schuppenlosen Dummköpfe?"

War er aber ganz böse, so sagte er stundenlang kein Wort. Das brachte dann garantiert alle aus der Fassung …

So vergingen Wochen. Mit der Zeit nahm Haris schlechte Laune wieder zu.

Er hatte genug davon, sich anstarren zu lassen und für diese Menschen den Kasperl zu spielen. Warum ließen sie ihn nicht endlich nach Hause, ins Meer, wo er hingehörte?

Eines Abends stellte sich Haris kleiner Bekannter außerhalb der Besuchszeiten ein.

Es war bereits dämmrig. Haris Nachbarn schliefen schon. Hari selbst schwamm hin und her, wühlte den Kies am Grund auf und zauste die Algen, dass die Fetzen flogen.

„Was willst denn du schon wieder hier?", fuhr er seinen Besucher an.

„Ich hab' gedacht, du fühlst dich vielleicht einsam!", antwortete der. „Ich wollte dir ein bisschen Gesellschaft leisten."

„Schöne Gesellschaft!", knarrte Hari. „Auf die kann ich ver ..."

Hier brach er unvermittelt ab und starrte das Kind an.

„Soll das heißen,", stotterte er, „soll das heißen, dass du verstehst, was ich sage?"

Das Kind zuckte die Schultern.

„Naja, alles natürlich nicht. Aber ein bisschen schon."

Hari starrte noch immer. „Aber wieso – woher..."

Da begann das Kind eine lange Erklärung, der Hari nur teilweise folgen konnte.

Es hatte irgendwas mit dem schwarzen Kasten zu tun, mit den Stimmen, die man daraus hören konnte, mit anderen Menschen, die die Stimmen von Walen genau untersucht hatten. Und Andi, so hieß das Kind, hatte seinerseits all die Wochen hindurch Vergleiche mit Haris Stimme angestellt und auf diese Weise einiges herausgefunden.

Als Hari nach dem dritten Mal die Geschichte einigermaßen verstanden hatte, war er sehr gerührt.

Da hatte er auf einmal mitten im Feindesland einen Freund, der keine Mühe gescheut hatte, nur um mit ihm ein paar Worte wechseln zu können! Wie wohl es tat, nach so langer Zeit endlich von jemandem verstanden zu werden!

Jetzt würde doch noch alles gut werden!

„Wann wirst du mich nach Hause lassen?", fragte er.

„Nach Hause?" Plötzlich wich Andi seinem Blick aus. „Das wird ein bisschen schwierig sein …"

„Wieso?"

„Ja, weißt du – du bist nämlich ein sehr berühmter Fisch. Weil du wie die Wale reden kannst. Das kann doch sonst keiner! Deshalb wollen sie dich in eine große Stadt bringen, wo noch mehr Leute dich sehen und studieren können. Du wirst es dort sicher gut haben!"

„Ich will aber nicht in die große Stadt!", rief Hari.

Aufgeregt schoss er hinter der Scheibe hin und her.

„Ich will nach Hause! Warum lasst ihr mich nicht nach Hause?"

„In die Bucht, wo ich dich gefangen habe, meinst du? Das hat überhaupt keinen Sinn. Dort wollen sie demnächst das Dorf abreißen, den Hafen ausbauen und zwei große Papierfabriken hinstellen. Kein Fisch wird es dort mehr aushalten, sagt mein Vater!"

„Was sagst du da?", schrie Hari auf. „Ich verstehe kein Wort!"

Da erklärte ihm Andi, was das alles bedeutete: große Maschinen, die Tag und Nacht arbeiteten und eine giftige Brühe ins Meer spuckten. Steinharter Beton statt Uferschlamm und Sand. Lärmende und stinkende Riesenschiffe statt der kleinen Fischerboote.

„Die Fische, die überleben, werden auswandern müssen, sagt mein Vater!", schloss Andi. „Hier wird alles kaputt."

Hari fühlte sich wie betäubt von diesen

schrecklichen Nachrichten. Seine Eltern, seine Schwester, sein Onkel, seine Freunde – was würde aus ihnen werden?

„Kann man denn nichts dagegen tun?"

„Mein Vater und noch ein paar Leute versuchen es. Sie wollen, dass die Gegend unter Naturschutz gestellt wird. Aber sie haben keine große Hoffnung. Die Leute hier sind sehr arm, weißt du. Sie freuen sich, dass sie in dem neuen Hafen und in den Fabriken Arbeit bekommen werden. Mein Vater aber sagt, in einem Naturschutzgebiet könnten sie auch Arbeit kriegen. Die Leute würden von weither kommen, um die Landschaft und die Tiere anzusehen. Man muss sie herumführen, sie unterbringen und so weiter. Mein Vater möchte ein großes Meeresreservat einrichten, wo man die Fische in der freien Natur besichtigen kann. Aber das alles kostet zuerst einmal viel Geld, und das haben wir nicht.

Also werden wahrscheinlich die Fabriksbesitzer gewinnen, sagt mein Vater."

Nachdem Andi geendet hatte, blieb Hari längere Zeit hindurch stumm.

Andi glaubte schon, er wäre eingeschlafen, da öffnete er endlich den Mund.

„Ich weiß nicht, ob ich alles verstanden habe", sagte er langsam. „Wenn ihr dieses Schutzgebiet einrichtet – wird das Meer dann nicht auch verschmutzt werden?"

„Nein."

„Heißt das, dass wir Fische dann dableiben könnten?"

Andi nickte. „Ihr und alle anderen Tiere."

„Und es geht nur deshalb nicht, weil ihr kein Geld dafür habt?"

Wieder nickte Andi.

„Aber dann ist ja alles in Ordnung!", rief Hari strahlend. „Geld habe ich mehr als genug! Du musst mich nur hier rauslassen!"

8.

„Ist es hier?", fragte Andi und stellte den Außenbordmotor ab.

Aus dem Kübel neben ihm kam ein ärgerliches Grunzen.

„Woher soll ich das wissen? Von hier drinnen sehe ich überhaupt nichts! Lass mich endlich raus!"

Andi zögerte. „Kommst du – kommst du sicher zurück?"

„Natürlich! Wenn nicht, kannst du mich als Ölsardine einlegen!"

„Wie bitte?"

„Du sollst mich endlich rauslassen!"

„Na gut!"

Andi hob den schweren Kübel auf und kippte ihn über den Bordrand.

„Bleib aber nicht zu lange aus!"

Während Andi seinen Taucheranzug anlegte, fragte er sich, ob er nicht einen Fehler begangen hatte.

Der berühmte sprechende Hering! Sein großer Fund! Wenn er nun doch nicht zurückkehrte? Nie würde er ihn im weiten Meer wieder finden!

Und sein Vater – der hatte natürlich keine Ahnung von der ganzen Sache ...

Ringsum lag ruhig und dunkel das Meer. Aus der Ferne kam das regelmäßige Blinken des Leuchtturmes. Am Horizont zogen die ersten hellen Streifen auf. Bald würde es Tag werden.

Von weitem klang gedämpft das Tuckern der Fischerboote, die nach dem nächtlichen Fang in den Hafen einliefen.

Andi gähnte.

Ein Plätschern neben ihm ließ ihn

zusammenfahren.

Es war Hari.

„Ich hab´s gefunden! Bist du so weit?"

Andi warf den Anker aus, setzte den Taucherhelm auf und sprang ins Wasser. Sofort war er wieder ganz munter. Die wasserdichte Taschenlampe in der rechten Hand, folgte er Haris Schwanzflosse, die vor ihm das Wasser durchpflügte.

Schon nach einigen hundert Metern tauchte Hari nach unten.

Bald darauf fiel das Licht von Andis Lampe auf eine brusthohe schwarze Wand, die sich nach beiden Seiten fortsetzte.

„Ist es hier? Hari – wo bist du?"

Der junge Hering war plötzlich verschwunden, doch von irgendwo hörte Andi seine knarrende Stimme.

„Hier! Kannst du durch dieses Loch schwimmen?"

Mit einiger Mühe gelang es Andi, sich durch die Bresche zu zwängen.

Was er nun sah, verschlug ihm den Atem.

Ein Wrack!

Ein versunkenes Schiff!

Jetzt erst verstand er, was Hari gemeint hatte. Er musste einen Schatz gefunden haben, den er nun mit ihm zusammen heben wollte!

Gespannt schwamm Andi hinter Hari her, der die Reste des Decks überquerte und auf einen einzelnen Pfosten zusteuerte, der am anderen Ende schief aus dem Boden ragte.

„Hier müssen wir hinun …"

Er brach plötzlich ab und prallte zurück.

Andi verlor das Gleichgewicht und musste sich an einer rostigen Kanone festhalten. Dann sah er es: Vor ihnen stand hoch aufgerichtet ein großer Einsiedlerkrebs, der drohend seine Zangen hob.

Er senkte sie auch nicht, als Hari nun auf ihn zuschwamm und eine Art Gespräch mit ihm begann.

„Äh – es ist nur ein alter Freund von mir!", erklärte Hari, als er sich nach einer Weile wieder Andi zuwandte.

Er schien etwas verlegen.

„Er wohnt hier. Er möchte nicht, dass wir hinunterschwimmen und den Schatz heben. Er sagt, wir haben kein Recht dazu. Er will einfach keine Vernunft annehmen! Ich habe ihm alles erzählt, von den Fabriken und so, aber er will uns trotzdem nicht durchlassen! Nur über seine Leiche, sagt er, und wenn wir hinuntergehen, werden wir es bereuen!"

„So? Der Zwerg da?"

Vor Heiterkeit verschluckte Andi sich fast an seinem Sauerstoffschlauch. Er trat vor, streckte die Hand aus und fasste den Krebs bei seinem Schneckenhaus.

„Nicht!", schrie Hari.

„Au!", schrie Andi gleichzeitig.

Dann flog in weitem Bogen ein Krebs über das Deck, während Andi seinen böse zugerichteten Finger schüttelte.

„Oje, oje!", sagte Hari. „Das hättest du nicht tun sollen ... Aber jetzt komm schnell!"

Während der Krebs hinter ihnen gestikulierte und Verwünschungen vor sich hinmurmelte, tasteten sich die beiden die Reste der wurmzerfressenen Stiege hinunter.

Hinter einem dichten Algenvorhang tat sich vor ihnen ein neues Trümmerfeld auf.

Lose Sparren und Planken, von Algen und Muscheln überzogen, ragten in wüstem Durcheinander aus dem Sand. Daneben steckten verrostete Metallteile wie von alten Geräten und Werkzeugen.

Vorsichtig zog Andi ein Stück heraus:
Es war der Stumpf einer Hacke.

Ein Klumpen daneben entpuppte sich als eine Reihe langer, fest zusammengerosteter Nägel.

Wieder bückte sich Andi, um einen runden Gegenstand aufzuheben. War es ein Gefäß?

Mit einem Schrei ließ er es wieder fallen. Er hatte ein Stück von einem menschlichen Schädelknochen gefunden …

Hari hatte sich inzwischen umgesehen und winkte Andi herbei.

Erleichtert sah dieser, dass es nur einige Kisten waren, die Hari so aufgeregt umkreiste. Sie schienen noch ganz intakt, wenn auch sehr verkrustet.

„Schnell!", quiekte Hari. „Das muss es sein! Mach sie auf!"

Aber wie?

Die Hacke!, fiel es Andi ein. Wo war sie

nur wieder?

Als er hinter sich sah, nahm er plötzlich eine Bewegung wahr. Da war etwas – und es kam mit bestürzender Schnelligkeit auf ihn zu!

Andi hob die Taschenlampe. Vor ihm stand ein riesiges braunes Ungeheuer mit hundert Armen und einem Eierkopf, aus dem zwei starre Augen ihn unverwandt anblickten!

„Pass auf!", schrie Hari hinter ihm.

Andi trat zurück, stolperte über ein Wrackteil und bekam gerade noch die Hacke zu fassen, bevor es vor seinen Augen finster wurde.

Eine dichte schwarze Wolke legte sich wie ein Schleier über alles in seinem Blickfeld.

In Panik hieb Andi mit der Hacke um sich, aber schon spürte er, wie Arme ihn von allen Seiten umschlangen, bis er sich nicht mehr bewegen konnte. Da schloss er die Augen ….

Ein wildes Geschrei brachte ihn wieder zu Bewusstsein.

„Mach, dass du wegkommst!", schrie jemand mit durchdringender Knarrstimme. „Ich reiß dich in Stücke! Ich koch dich in deiner eigenen Sauce!"

Es schien Andi wie ein Wunder. Der Druck um seinen Körper ließ nach, ein Arm nach dem anderen löste seine Umklammerung.

Die schwarze Wolke verzog sich, und Andi sah den riesigen Kraken seine vielen Arme zusammenfalten und im Rückwärtsgang davonschießen, verfolgt von einem kleinen Hering, der ihn nach Leibeskräften beschimpfte.

Als der Krake verschwunden war, kam Hari zurück.

„Der kommt nicht wieder!", sagte er außer Atem. „Hat er dir was getan?"

Andi schüttelte den Kopf. Er konnte es kaum glauben, dass er noch am Leben war!

Hari schwamm um ihn herum und betrachtete ihn von allen Seiten.

„Alles da!", meinte er erleichtert. „Aber dieser Krab – so ein Schuft! Hätte ich nicht von ihm gedacht ... Wenn ihr dort runtergeht, werdet ihr es bereuen – ha!"

„Der Schatz!", fiel es ihm gleich darauf wieder ein. „Wenn du vielleicht – mir ist es leider vollkommen unmöglich, sonst würde natürlich ich …"

Andi nickte und fasste die größte der Kisten ins Auge. Sein Arm zitterte, als er die Hacke hob.

Zweimal versuchte er es vergeblich, dann gelang ihm endlich ein Schlag an der Stelle, wo er das Schloss vermutete. Zu seiner Überraschung fiel gleich der ganze Deckel auseinander.

„Oh!", hauchte Hari.

Andi wollte auch „Oh" sagen, brachte aber vor Enttäuschung kein Wort über die Lippen.

Die Schatzkiste war voll mit Steinen!

9.

Ratlos starrten Hari und Andi auf den Haufen schwarzer Steine, der die ganze große Kiste einnahm.

„Oh du grüner Hering!", quiekte Hari. „Das muss der Ballast sein! Aber warte: Sicher ist der Schatz in den anderen Kisten da!"

Voll Hoffnung machte sich Andi wieder an die Arbeit.

Als der Deckel der zweiten Truhe sprang, klirrte es, und ein ganzer Stoß grau verschmierter Teller fiel ihnen entgegen. Sie sahen aus, als ob sie aus einem Schweinestall kämen.

„Schnell, probier die nächste!", war alles, was Hari herausbrachte.

Andi probierte die nächste. Darin lag wieder altes Geschirr, diesmal hauptsächlich Tassen.

„Mir scheint, das war nicht die Kapitänskajüte, sondern die Küche!", fluchte Hari, während Andi sich über die vierte und letzte Kiste hermachte.

Sie enthielt noch mehr Teller, Schüsseln und einige Gefäße, die Andi an Nachttöpfe erinnerten.

Rundherum entdeckten sie nur noch einen leeren Krug, die Überreste eines Tisches und verschiedene Glas- und Keramikscherben.

Das war alles.

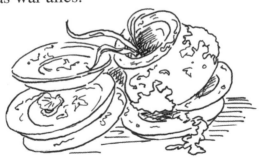

„Aus der Traum!", seufzte Hari. „Vielleicht war der Schatz im Laderaum …. Und wo der jetzt ist, weiß kein Fisch! Wahrscheinlich unter Tonnen von Sand und Steinen vergraben …"

Nach einem letzten Blick auf den enttäuschenden Fund schickten sie sich an, die angebliche Kapitänskajüte zu verlassen. Auf der obersten Stufe der Treppe stießen sie auf den Einsiedlerkrebs, der hier auf sie wartete.

„Du!", sagte Hari scharf. „Du traust dich, mir noch unter die Augen zu treten? Du schmutziger Verräter! Mörderkrebs!"

„Pst!", machte Krab. „Ist er noch da?"

„Nein!" Hari blies sich auf. „Aber wenn ich nicht gewesen wäre, hätte er meinen Freund mit Haut und Haaren aufgefressen!"

Der Krebs lachte auf.

„Wirklich? Da irrst du dich aber! Du weißt

wohl nicht, dass diese großen Kraken für
Menschen und Fische vollkommen
ungefährlich sind! Sie wickeln einen
Menschen zwar ein, aber nach zwei oder
drei Minuten geht ihnen die Puste aus,
oder sie kriegen einen Krampf in der großen
Zehe, was weiß ich. Jedenfalls müssen sie
loslassen. Die einzigen, die vor ihnen auf der
Hut sein müssen, sind Krebse wie ich!
Ist er wirklich weg?"

„Ich glaube schon!", stotterte Hari. „Und ich hab' schon gedacht, du hättest uns ..."

„In den sicheren Tod geschickt? Wofür hältst du mich eigentlich? Obwohl ihr nichts anderes verdient hättet! Wie ich sehe, habt ihr den Schatz gefunden ..."

„Schatz? Schön wär's! Lauter wertloser Plunder!", ereiferte sich Hari.

„Plunder? Meinst du die alten Gold – äh – ich meine, Kupfer- oder vielmehr Eisenbarren ..."

Krabs Satz endete in einem unverständlichen Gemurmel.

Eine Weile sagte niemand etwas, während sich Andi fragte, was wohl nun wieder los wäre.

„Es gibt also doch einen Schatz?", fragte Hari endlich. „Krab! Sag mir die Wahrheit!"

Der Krebs warf ihm einen langen Blick aus seinen Stielaugen zu.

„Da sieht man wieder, dass ihr jungen Leute keine Ahnung habt!", brummte er.

Es dauerte ziemlich lange, bis es dem Einsiedlerkrebs gelungen war, mitsamt seinem Haus die Stufen zu nehmen und die paar Meter bis zur größten Truhe zurückzulegen. Die beiden anderen vergingen vor Ungeduld.

Endlich saß der Krebs oben auf dem Rand der Truhe.

„Lauter Plunder!", kicherte er. „Jetzt seht einmal her!"

Mit einem Plumpser ließ er sich auf den Stoß Steine hinunterfallen und begann mit beiden Zangen zu kratzen.

„Silber läuft schon nach kurzer Zeit schwarz an!", erklärte er dabei. „Gold weniger, aber nach dreihundert Jahren auf dem Meeresgrund … Kann sich wohl jeder vorstellen … Gleich hab' ich's ….

Eine Frage von Sekunden …"

„Und?", fragte Hari, als Krab sich zehn Minuten später wieder auf den Rand der Kiste hinaufzog.

„Nichts und!", knurrte der Krebs. „Hab' mich geirrt. Es sind Steine."

„Aber warum hast du dich eigentlich so dagegen gewehrt, dass wir den Schatz heben?", fragte Hari.

Sie waren alle drei wieder auf das Oberdeck zurückgekehrt. Hari und Andi wirkten niedergeschlagen, wogegen der Krebs wieder auflebte.

„Weil ich weiß, was ein Schatz bedeutet!"

Krab ruderte mit den Zangen durch das Wasser.

„Die Menschen würden kommen, mit Schiffen und Geräten und Lärm und Dreck. Und wenn sie alles herausgeholt hätten, würde von meinem Heim nichts mehr übrig sein! Aber jetzt ist das ja nicht mehr zu befürchten … Ich muss sagen, mir ist dort unten ein ganzer Berg Steine vom Herzen gefallen!"

Andi war betroffen, als Hari ihm von den Sorgen des Krebses erzählte. Aber dann sagte er sich, dass sein Vater das sicher nicht erlaubt hätte. Der hätte schon irgendeinen Ausweg gefunden!

„Naja, ist ja egal jetzt …"

Bevor sie zum Boot zurückschwammen, tauchte Andi noch einmal in die Kajüte hinunter. Er kehrte mit einem kleinen Unterteller in der Hand zurück.

„Ich möchte wenigstens ein kleines Andenken haben!", erklärte er. „Zur Erinnerung ."

Ein Jahr später

10.

„Wir befinden uns jetzt genau über dem Wrack!", erklärte der Führer. „Wenn Sie hinunterblicken, müssten Sie die einzelnen Teile genau erkennen können."

Zwanzig Köpfe beugten sich über den Spezialglasboden des Ausflugsbootes.

„Es war ein holländisches Schiff der Ostindischen Handelsgesellschaft, das vollbeladen mit Handelsgütern von Java nach Hause zurückkehrte. Aber es hat Holland nie erreicht! Um welches Schiff es sich genau handelte, ist nicht sicher geklärt. Vielleicht war es die ‚Batavia', die – wahrscheinlich nach einem Gefecht mit feindlichen spanischen Schiffen – im Jahre 1641 an unbekanntem Ort mit Mann und Maus sank... Fest steht, dass sie in Amsterdam nie angekommen ist und ihre Fracht von zwei Kisten Silbermünzen, 100 Kisten Tee, 20 Kisten Pfeffer und 30 Kisten kostbarstem chinesischen Porzellan verloren ging."

„Und liegen die Silbermünzen immer noch hier unten?", fragte ein bärtiger Mann, der ein Fernrohr herausgezogen hatte und das Wrack einer genauen Musterung unterzog.

„Wahrscheinlich ja,", antwortete Andi. „Vorausgesetzt, es handelt sich wirklich um die ‚Batavia'! Es konnte nur ein Teil des Porzellans geborgen werden. Und auch das nur durch Zufall, da die Finder seinen großen Wert zunächst nicht erkannten!"

„Wir haben wirklich unheimliches Glück gehabt", dachte Andi, während der Bärtige weiter durch sein Fernrohr starrte. „Wenn ich den Teller nicht mit raufgebracht hätte ... Und wenn mein Vater nicht einen Freund hätte, der Antiquitätenhändler ist und sich bei altem Porzellan auskennt ... Nie hätte ich mir vorgestellt, dass so ein kleiner Teller ein Vermögen wert sein könnte!"

„Leider," fuhr er laut fort, „leider ist es trotz aller Bemühungen nicht gelungen, bis zur Fracht des eigentlichen Laderaums vorzudringen, sodass von den dreißig Kisten Porzellan nur drei gehoben werden konnten. Außerdem musste auf gewisse besondere Umstände Rücksicht genommen werden ..."

Andi lächelte unwillkürlich. Er sah noch Krab vor sich, wie er jeden Taucher, der ihm zu nahe kam, in Arme und Beine zwickte.

„Wie Sie wissen, befinden wir uns hier in einem Naturschutzgebiet. Das – äh – ökologische Gleichgewicht darf nicht gestört werden!"

„Schade!", seufzte der Mann.

Die anderen nickten.

Während das Boot langsam weitertrieb, beschrieb Andi die einzelnen Partien des Schiffes.

„… Und hier drei leichte Bronzekanonen! Sie dienten …"

Ein Aufschrei unterbrach ihn.

„Der Schatz! Ich kann den Schatz sehen!"

Den Zeigefinger gegen die Glasscheibe gepresst, rang eine dicke Dame nach Luft.

„Der Schatz, natürlich!", grinste Andi. „Es ist eine Attrappe. Um Ihnen eine Vorstellung davon zu geben, wie er ausgesehen haben könnte! Aber Sie können sich wohl denken,

dass man echtes Silber und chinesisches Porzellan nicht hier unten herumliegen lassen kann."

„Ach so!" Die Dame nahm den Finger wieder von der Scheibe.

Auch die anderen Touristen schauten enttäuscht drein.

„Die schönsten chinesischen Tassen können Sie anschließend in unserem kleinen Museum besichtigen!", tröstete sie Andi. „Der Großteil wurde natürlich verkauft. Mit dem Millionenerlös der Versteigerung konnte, wie Sie vielleicht gehört haben werden, dieses Naturreservat finanziert werden."

Die dicke Dame stieß schon wieder einen Schrei aus.

„Ein Schild! Ich kann ein Schild mit einer Schrift sehen! Das ist sicher Altholländisch!"

„Das glaube ich nicht!", bemerkte ihr

Nachbar, der mit dem Fernrohr. „So viel ich sehen kann, steht da: Achtung, bissiger Hund! Sonderbar."

„Es heißt ‚Bissiger Krebs'!", erklärte Andi. „Und ‚Für Finger wird keine Haftung übernommen'. Aber das betrifft Sie nicht. Es ist eine Warnung an die Taucher. Man glaubt nicht, wie unvorsichtig manche von ihnen sind!"

„Was mich wahnsinnig interessieren würde", mischte sich nun eine große Blondine ein, die schon mehrere Fotos gemacht hatte, „ist, wer das Schiff damals gefunden hat! War es ein Fischer?"

„Nein, wirklich nicht! Eigentlich war es ein Freund von mir. Er heißt Hari."

„Ein Junge? Wie aufregend! Wäre es nicht möglich, ein Interview mit ihm zu machen? Ich bin Redakteurin des bekannten Frauenmagazins „Sabrine", und meine

Leserinnen würden sicher liebend gern deinen Freund kennen lernen!"

„Das ist leider derzeit nicht möglich!", erwiderte Andi höflich. „Er ist gerade auf einer längeren Auslandsreise."

„Eine Auslandsreise? Alleine?"

„Aber nein! Er reist mit einem Heringsschwarm."

„ —-?"

„Mein Freund ist nämlich ein Hering. Aber wenn Sie wollen, kann ich Ihnen

ein Foto von ihm verschaffen. Für Ihre Leserinnen …"

„Oh! Nein, danke!", murmelte die Redakteurin.

Sie warf Andi einen verstörten Blick zu und versank für den Rest der Rundfahrt in Schweigen.

Während die Touristen die letzten Aufnahmen vom Wrack machten, schaute Andi hinüber zur Küste.

Wie eh und je lagen dort die bunten Fischerhäuschen, daneben ein paar Lokale, die es früher nicht gegeben hatte, und etwas außerhalb des Ortes das neue Aquarium und die Unterwasserstation. Oben auf dem Hügel glänzte der Leuchtturm rot und weiß in der Sonne. Von irgendwo tönte eine Schiffssirene …

Wo Hari wohl jetzt war? Hoffentlich würden sie sich bald wiedersehen!

Als sie später im Hafen ausstiegen, wandte der bärtige Mann sich noch einmal Andi zu.

„Da hat es doch etwa vor einem Jahr so Gerüchte gegeben, ihr hättet hier ein Wundertier entdeckt – einen sprechenden

Karpfen oder so was?"

Andi nickte. „Jaja. War eine richtige Sensation! Aber eines Nachts soll er entkommen sein und wurde nicht mehr gesehen …"

„Man sollte vielleicht eine Suche starten?", überlegte der Bärtige laut. „Ich hätte da eine kleine Jacht …"

„Tun Sie das nur!", sagte Andi ernst. „Wäre toll, wenn Sie ihn fänden! Und anschließend könnten Sie sich vielleicht um das Ungeheuer von Loch Ness kümmern…"

„Was? – Ach so!" Der Mann lachte.
„Verstehe ... Naja. Hab' mir gleich gedacht, dass nichts Wahres an der Sache ist!"

Andi blickte dem Mann einen Augenblick nach, bis der seine Gruppe wieder eingeholt hatte. Dann zählte er das Trinkgeld nach, steckte es ein und schlenderte davon.

Lesespaß mit OBELISK-Büchern

Renate Welsh

Vor Taschendieben wird gewarnt

Mit Illustrationen von Stefanie Scharnberg

ab 10 Jahren
160 Seiten, € 9,90
ISBN 3-85197-423-9

Eine Familie voller Diebe! Percys Familie gehört seit Jahren zur High Society der Diebe …

Doch Percy ist so unbegabt, dass er sogar aus der Schule für Taschendiebe fliegt. Ihm wird übel, wenn er jemandem etwas wegnehmen soll, und er muss niesen, wenn er sich heimlich anschleicht. Doch es kommt für die Familie noch dicker. Nicht nur Percy schlägt aus der Art, auch seine Cousine Juliette will nicht stehlen. Und Prudence, die Begabteste von allen, heiratet – einen Polizisten!

OBELISK-VERLAG

www.obelisk-verlag.at